A. P. CHEKHOV
一八八二年在墨斯科攝

安敦·契訶夫：

壞孩子

和別的奇聞

文藝連叢之一

魯迅譯

V. 瑪修丁 木刻插畫

三閒書屋印造

1935

每冊實售一角五分

前　　記

　　司基塔列慈 (Skitalez) 的 "契訶夫記念" 裏，記着他的談話——

　　"必須要多寫！　你起始唱的夜鶯歌，如果寫了一本書，就停止住，豈非成了烏鴉叫！　就依我自己說：如果我寫了頭幾篇短篇小說就擱筆，人家決不把我當做作家！　契紅德！　一本小笑話集！　人家以爲我的才學全在這裏面。　嚴肅的作家必說我是另一路人，因爲我祇會笑。　如今的時代怎麽可以笑呢？"　（耿濟之譯，"譯文"二卷五期。）

　　這是一九〇四年一月間的事到七月初，他死了。　他在臨死這一年，自說的不滿於自己的作品，指爲"小笑話"的時代，是一八八〇年，他二十歲的時候起，直至一八八七年的七年間。　在這之間，他不但用"契紅德" (Antosha Chekhonte) 的筆名，還用種種另外的筆名，在各種刊物上，發表了四百多篇的短篇小說，小品，速寫，雜文，法院通信之類。　一八八六年，才在彼得堡的大報"新時代"上投稿；有些批評家和傳記家以爲這時候，契訶夫才開始認眞的創作，作品漸有特色，增多人生的要素，觀察也愈加深邃起來。　這和契訶夫自述的話，是相合的。

這里的八個短篇,出於德文譯本,却正是全屬於"契紅德"時代之作,大約譯者的本意,是並不在嚴肅的紹介契訶夫的作品,却在輔助瑪修丁(V. N. Massiutin)的木刻插畫的。瑪修丁原是木刻的名家,十月革命後,還在本國爲勃洛克(A. Block)刻"十二個"的插畫,後來大約終於跑到德國去了,這一本書是他在外國的謀生之術。我的翻譯,也以紹介木刻的意思爲多,並不著重於小說。

　　這些短篇,雖作者自以爲"小笑話",但和中國普通之所謂"趣聞",却又截然兩樣。牠不是簡單的只招人笑。一讀自然往往會笑,不過笑後總還剩下些什麽,——就是問題。生瘤的化裝,蹩脚的跳舞,那模樣不免使人笑,而笑時也知道:這可笑是因爲他有病。這病能醫不能醫。這八篇裏面,我以爲沒有一篇是可以一笑就了的。但作者自己却將這些指爲"小笑話",我想,這也許是因爲他謙虛,或者後來更加深廣,更加嚴肅了。

一九三五年九月十四日

譯　者

目　次

壞孩子……………………………………… 3

難解的性格………………………………… 7

假病人………………………………………11

簿記課副手日記抄…………………………17

那是她………………………………………21

波斯勳章……………………………………29

暴躁人………………………………………35

陰謀…………………………………………49

譯者後記……………………………………55

壞 孩 子

和別的奇聞

壞　孩　子

　　伊凡·伊凡諾維支·拉普庚是一個風采可觀的青年，安娜·綏米諾夫娜·山勃列支凱耶是一個尖鼻子的少女，走下峻急的河岸來，坐在長椅上面了。　長椅擺在水邊，在茂密的新柳叢子裏。　這是一個好地方。　如果坐在那里罷，就躱開了全世界，看見的只有魚兒和在水面上飛跑的水蜘蛛了。　這青年們是用釣竿　網兜，蚯蚓罐子以及別的捕魚傢伙武裝起來了的。　他們一坐下，立刻來釣魚。

　　"我很高興，我們到底只有兩個人了，"拉普庚開口說，望着四近。"我有許多話要和您講呢，安娜·綏米諾夫娜……　很多……　當我第一次看見您的時候……　魚在喫您的了……　我才明白自己是爲什麼活着的，我才明白應當供獻我誠實的勤勞生活的神像是在那里了……　好一條大魚……　在喫哩……　我一看見您，這才識得了愛，我愛得你要命！　且不要拉起來……　等牠再喫一點……　請您告訴我，我的寶貝，我對您起誓：我希望能是彼此之愛——不的，不是彼此之愛，我不配，我想也不敢想，——倒是……　您拉呀！"

　　安娜·綏米諾夫娜把那拿着釣竿的手，趕緊一揚，叫起來了。空中閃着一條銀綠色的小魚。

"我的天，一條鱸魚！ 阿呀，阿呀…… 快點！ 脫出了！"

鱸魚脫出了釣鈎，在草上向着牠故鄉的元素那里一跳…… 撲通——已經在水裏了！

追去捉魚的拉普庚，却替代了魚，錯捉了安娜·綏米諾夫娜的手，又錯放在他的嘴唇上…… 她想縮回那手去，然而已經來不及了：他們的嘴唇又不知怎麼一來，接了一個吻。 這全是自然而然的。 接吻又接連的來了第二個，於是立誓，盟心……幸福的一瞬息！在這人間世，絕對的幸福是沒有的。 幸福大抵在本身裏就有毒，或者給外來的什麼來毒一下。 這一回也如此。 當這兩個青年人正在接吻的時候，突然起了笑聲。 他們向水裏一望，僵了：河裏站着一個水齊着腰的赤條條的孩子。 這是中學生珂略，安娜·綏米諾夫娜的弟弟。 他站在水裏面，望着他們倆，陰險的微笑着。

"噯哈…… 你們親嘴。"他說。"好！ 我告訴媽媽去"。

"我希望您要做正人君子……"拉普庚紅着臉，吃吃的說。"偷看是下流的，告發可是卑劣，討厭，胡鬧的…… 我看您是高尚的正人君子……"

"您給我一個盧布，我就不說了！"那正人君子回答道。"要是，不，我去說出來"。

拉普庚從袋子裏掏出一個盧布來，給了珂略。 他把盧布揑在稀溼的拳頭裏，吹一聲口哨，浮開去了。 但年青的他們倆，從此也不再

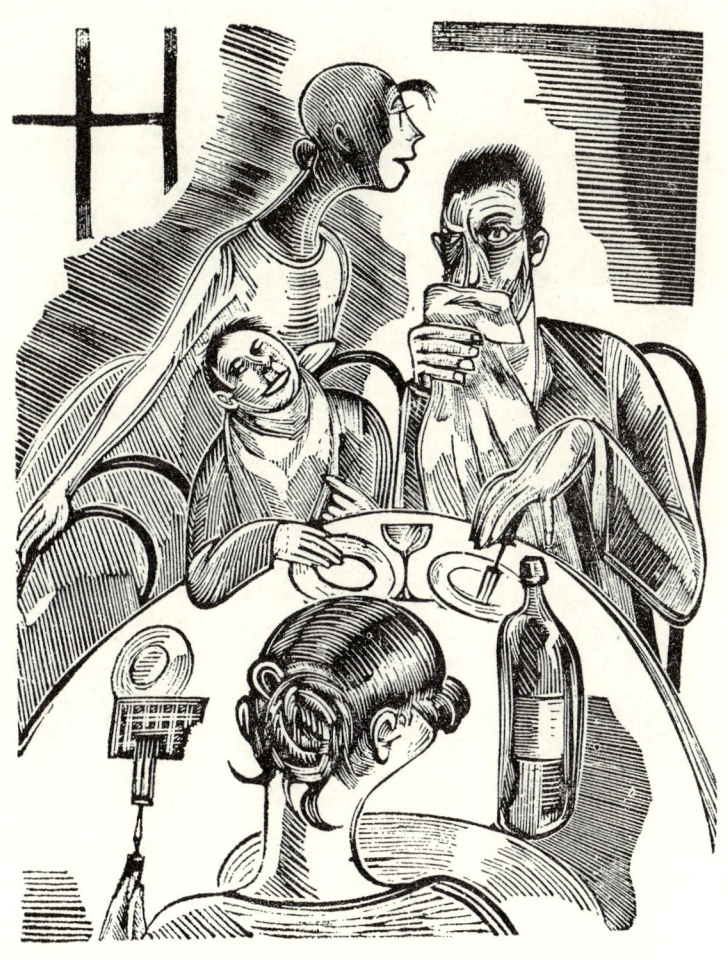

接吻了。

後來拉普庚又從街上給珂略帶了一副顏料和一個皮球來，他的姊姊也獻出了她所有的丸藥的空盒。而且還得送他雕着狗頭的硬釉的釦子。這是很討壞孩子喜歡的，因爲想訛得更多，他就開始監視了。只要拉普庚和安娜·絞米諾夫娜到什麼地方去，他總是到處跟蹤着他們。他沒有一刻放他們只有他們倆。

"流氓，"拉普庚咬着牙齒，說。"這麼小，已是一個大流氓！他將來還會怎樣呢?!"，

整一個七月，珂略不給這可憐的情人們得到一點安靜。他用告發來恐嚇，監視，並且索詐東西；他永是不滿意，終於說出要錶的話來了。於是只好約給他一個錶。

有一回，正在用午餐，剛剛是喫蛋片的時候，他忽然笑了起來，用一隻眼睛使着眼色，問拉普庚道："我說罷？怎麼樣？"

拉普庚滿臉通紅，錯作蛋片，咬了飯巾了。安娜·絞米諾夫娜跳起來跑進隔壁的屋子去。

年青的他們倆停在這樣的境遇上，一直到八月底，就是拉普庚終於向安娜·絞米諾夫娜求婚了的日子。這是怎樣的一個幸福的日子呵！他向新娘子的父母說明了一切，得到許可之後，拉普庚就立刻跑到園裏去尋珂略。他一尋到他，就高興得流下眼淚來，一面拉住了這壞孩子的耳朵。也在找尋珂略的安娜·絞米諾夫娜，恰恰也

跑到了,便拉住了他的那一隻耳朵。 大家必須看着的,是兩個愛人的臉上,顯出怎樣的狂喜來,當珂略哭着討饒的時候。

"我的乖乖,我的好人,我再也不敢了! 阿唷,阿唷,饒我!"

兩個人後來說,他們倆祕密的相愛了這麼久,能像在扯住這壞孩子的耳朵的一瞬息中,所感到的那樣的幸福,那樣的透不過氣來的大歡喜,是從來沒有的。

(一八八三年作)

難 解 的 性 格

頭等車的一個房間裏。

繃着紫紅色天鵝絨的長椅上,靠着一位漂亮的年青的太太。

值錢的綴有鬘頭的扇子,在她痙攣地揑緊了的手裏格格的響;眼鏡時時從她那美麗的鼻子上滑下來;胸前的別針,忽高忽低,好像一隻小船的在波浪裏。 她很興奮…… 她對面坐着一位省長的特委官,是年青的新作家,在省署時報上發表他描寫上流社會的短篇小說的…… 他顯着專門家似的臉相,目不轉睛的在看她。他在觀察,他在研究,他在揣測這出軌的,難解的性格,他已經幾乎有了把握…… 她的精神,她的一切心理,他完全明白了。

"阿,我懂得您的!"那特委官在她手鐲近旁的手上接着吻,說。"您那敏感的,靈敏的精神,在尋一條走出迷宫的去路呀…… 一定是的! 這是一場厲害的,嚇人的鬭爭,但是…… 您不要怕! 您要勝利的! 那一定!"

"請您寫出我來罷,渥勒兌瑪爾!"那位太太悲哀的微笑着說道。"我的生活是很充實,很有變化,很多色釆的…… 但那要點,是在我的不幸! 我是一個陀斯妥也夫斯基式的殉難者…… 請您給世界看看我的心,渥勒兒瑪爾,請您給他們看看這可憐的心！您是心理學家。我們坐在這房間裏談不到一點鐘,可是您已經完全懂得我了！"

"您講罷。 我懇求您,請您講出來罷！"

"您聽罷。 我是生在一家貧窮的仕宦之家的。 我的父親是一個好人,也聰明,但是…… 時代和環境的精神…… vous comprenez（您明白的）,我並不想責備我那可憐的父親。 他喝酒,打牌……收賄賂…… 還有母親…… 我有什麼可說呢！那辛苦,那爲了一片麵包的掙扎,那自卑自賤的想頭…… 唉唉,您不要逼我從新記牠出來了。 我只好親自來開拓我自己的路…… 那嚇人的學校教育,無聊小說的灌輸,年青的過失,羞怯的初戀…… 還有和環境的戰鬪呢？ 是可怕的呀！ 還有疑惑呢？ 還有逐漸成長起來的對於人生和自己的不信的苦痛呢？…… 唉唉！…… 您是作家,懂得我們女人的。 您都知道…… 我的不幸,是天生了的呀…… 我等候着幸福,這是怎樣的幸福呢？ 我急於要成一個人！ 是的！ 要成爲一個人,我覺得我的幸福就在這裏面！"

"您可眞的了不得！"作家在手鐲近旁吻 她的手,低聲說。"我並不是在吻您,您這出奇的人物,我是在吻人類的苦惱！ 您記得拉斯可里涅可夫(1)麼？ 他是這樣地接吻的。"

註一：Raskolnikov,陀斯妥也夫斯基作小說"罪與罰"裏的男主角——譯者。

"阿,渥勒兌瑪爾！ 我極要榮譽,……要名聲,要光彩,恰如那些——我何必謙虛呢？——那些有着不很平常的性格的人們一樣。 我要不平常……簡直不是女性的。 於是……於是……在我的路上,我遇到了一個有錢的老將軍…… 您知道罷,渥勒兌瑪爾！ 這其實是自己犧牲。自己否定呀,您要知道！ 我再沒有別的法子了。 我接濟了我的親屬,我也旅行,也做慈善事業…… 但是,這將軍的擁抱,在我覺得怎樣的難堪和卑汙呵,雖然別一面,他在戰爭上曾經顯過很大的勇敢,也只好任他去。 有時候……那是可怕的時候呀！ 然而安慰我的是這一種思想,這老頭子不是今天,就是明天便會死掉的,那麼,我就可以照我的願望過活了,將自己給了相愛的人,並且得到幸福…… 我可是有着這麼的一個的人,渥勒兌瑪爾！ 上帝知道,我有着這麼一個的！"

那位太太使勁的揮扇,她臉上顯出一種要哭的表情。

"現在是這老頭子死掉了…… 他留給我一點財產,我像鳥兒一樣的自由。 現在我可以幸福了…… 不是麼,渥勒兌瑪爾？ 幸福在敲我的窗門了。 我只要放牠進來就是,然而…… 不成的！渥勒兌瑪爾,您聽哪,我對您起誓！ 現在我可以把自己給那愛人,做他的朋友,他的幫手,他的理想的承受者,得到幸福……安靜下來了…… 然而這世界上的一切,却多麼大概是討厭,而且庸俗的呵！ 什麼都這樣的卑劣,渥勒兌瑪爾！ 我不幸呵,不幸呵,不幸呵！ 我的路上,

9

现出障礙來了！ 我又覺得我的幸福遠去了，唉，遠得很！ 唉唉，這苦楚，如果您一知道，怎樣的苦楚呵！"

"但這是什麼呢？ 怎樣的一種障礙呢？ 我懇求您，告訴我罷！那是什麼呀？"

"別一個有錢的老人……"

破扇子遮掩了漂亮的臉。 作家把他那深思的頭支在手上，歎一口氣，顯出專門家和心理學家的臉相，思索了起來。 車頭叫着汽笛噴着蒸氣，窗幔在落照裏映得通紅。

（一八八三年作）

假 病 人

將軍夫人瑪爾法・彼得羅夫娜・貝綱基娜，或者如農人們的叫法，所謂貝綱金家的，十年以來，行着類似療法 (1) 的醫道，五月裏的一個星期二，她在自己的屋子裏診察着病人。 她面前的桌子上，擺着一個類似療法的藥箱，一本類似療法的便覽，還有一個類似療法藥的算盤。 掛在壁上的是嵌在金邊鏡框裏的一封信，那是一位彼得堡的同類療法家，據瑪爾法・彼得羅夫娜說，很有名，而且簡直是偉大的人物的手筆；還有一幅神甫亞理斯泰爾夫的像，那是將軍夫人的恩人，否定了有害的對症療法，教給她認識了眞理的。 客廳裏等候着病人們，大半是農人。 他們除兩三個人之外，都赤着脚，這是因爲將軍夫人吩咐過，他們該在外面脫掉那惡臭的長靴。

瑪爾法・彼得羅夫娜已經看過十個病人了，於是就叫十一號："格夫里拉・克魯慈提！"

註一：Homoopathie，日本又譯"同類療法"，是用相類似的毒，來治這病的醫法，意義大致和中國的"以毒攻毒"相同。 現行的對於許多細菌病的血淸注射，其實也還是這療法，不過這名稱却久不使用了——譯者。

11

門開了,走進來的却不是格夫里拉・克魯慈提,倒是將軍夫人的鄰居,敗落了的地主薩木弗利辛,一個小身材的老頭子,昏眼睛,紅邊帽(1)。 他在屋角上放下手杖,就走到將軍夫人的身邊,一聲不響地跪下去了。

"您怎麼了呀! 您怎麼了呀,庫士瑪・庫士密支!" 將軍夫人滿臉通紅,發了抖。"罪過的!"

"只要我活着,我是不站起來的!"薩木弗利辛在她手上吻了一下,說。"請全國民看看我在對您下跪,你這保佑我的菩薩,你這人類的大恩人! 不打緊的! 逭慈仁的精靈,給我性命,指我正路,還將我多疑的壞聰明照破了,豈但下跪,我連火裏面還肯跳進去呢,你這我們的神奇的國手,鰥寡孤獨的母親! 我全好了呀! 我復活了呀,活神仙!"

"我……我很高興……!"將軍夫人快活到臉紅,吞吞吐吐的說。"那是很愉快的,聽到了這樣的事情…… 請您坐下罷! 上星期二,你却是病得很重的!"

"是呀,重得很! 只要一想到,我就怕!"薩木弗利辛一面說,一面坐。"我全身都是風溼痛。 我苦了整八年,一點安靜也沒有……不論是白天,是夜裏,我的恩人哪! 我看過許多醫生,請喀山的大學

註一:帝俄時代貴族所戴的帽子 ——譯者。

教授們對診,行過土浴,喝過鑛泉,我什麼方法都試過了! 我的家私就爲此化得精光,太太。 這些醫生們只會把我弄糟,他們把我的病趕進內部去了! 他們很能夠趕進去,但再趕出來呢——他們却不能,他們的學問還沒有到這地步…… 他們單喜歡要錢,這班強盜,至於人類的利益,他們是不大留心的。 他開一張鬼畫符,我就得喝下去。 一句話,那是謀命的呀。 如果沒有您,我的菩薩,我早已躺在墳裏了! 上禮拜二我從您這里囘家,看了您給我的那丸藥,就自己想:'這有什麼用呢? 這好容易纔能看見的沙粒,醫得好我的沈重的老病嗎?' 我這麼想,不大相信,而且笑笑的;但我剛喫下一小粒,我所有的病可是一下子統統沒有了。 我的老婆看定着我,疑心了自己的眼睛,'這是你嗎,珂略?(1)'——'不錯,我呀。' 於是我們倆都跪在聖像面前,給我們的恩人禱告:主呵,請把我們希望於她的,全都給她罷!"

薩木弗利辛用袖子擦一擦眼,從椅子上站起,好像又要下跪了,但將軍夫人制住他,使他仍復坐下去。

"您不要謝我,"她說,興奮得紅紅的,向亞理斯泰爾夫像看了一眼。"不,不要謝我! 這時候我不過是一副從順的機械…… 這真是奇蹟! 拖了八年的風溼痛,只要一粒瘰癧丸(2)就斷根了!"

註一: Kolia 就是庫士瑪 (Kusima) 的愛稱——譯者。

註二: 原名 Skrophuroso,是一種用草藥搗成的小丸子——譯者。

13

"您真好，給了我三粒。一粒是中午喫的，立刻見效！別一粒在傍晚，第三粒是第二天，從此就無影無踪了！無論那里，一點痛也沒有！我可是已經以為要死了的，寫信到墨斯科去，叫我的兒子回來！上帝竟將這樣的智慧傳授了您，您這活菩薩！現在我好像上了天堂……上禮拜二到您這里來，我還蹩着脚的，現在我可是能夠兔子似的跳了……我還會活一百來年哩。不過還有一件事情困住我——我的精窮。我是健康了，但如果沒有東西好過活，我的健康又有什麼用處呢。窮的逼我，比病還厲害……拿這樣的事來做例子罷……現在是種燕麥的時候了，但叫我怎麼種牠呢。如果我沒有種子的話？我得去買罷，却要錢……我怎麼會有錢呢？"

"我可以送您燕麥的，庫士瑪・庫士密支……您坐着罷！您給了我這麼大的高興，您給了我這樣的滿足，應該我來謝你的，不是您謝我！"

"您是我們的喜神！敬愛的上帝竟常常把這樣的好人放在世界上！您高興就是了，太太，高興您行的好事！我們罪人却沒有什麼好給自己高興……我們是微末的，小氣的，無用的人……螞蟻……我們不過是自稱為地主，在物質的意義上，却和農民一樣，甚至於還要壞……我們確是住在石造房子裏，但那僅是一座 Fata Morgana (1) 呀，因為屋頂破了，一下雨就漏……我又沒有買屋頂

註一：介在意大利的 Sicily 和 Calabria 之間的 Messina 的海峽中所見的海市蜃樓，相傳是仙人名 Morgana 者所為，故名——譯者。

板的錢。"

"我可以送給您板的,庫士瑪·庫士密支。"

薩木弗利辛又討到一匹母牛,一封介紹信,是爲了他想送進專門學校去的女兒的,而且被將軍夫人的大度所感動,感激之至,嗚咽起來,嘴巴牽歪了,還到袋子裏去摸他的手帕…… 將軍夫人看見,手帕剛一拉出,同時也好像有一個紅紙片,沒有聲響的落在地板上面了。

"我一生一世不忘記的……"他絮叨着說。"我還要告訴我的孩子們,以及我的孫子們…… 一代一代…… 孩子們,就是她呀,救活了我的,她,那個……"

將軍夫人送走了病人之後,就用她眼淚汪汪的眼睛,看了一會神甫亞理斯泰爾夫的像,於是又用親密的,敬畏的眼光,射在藥箱,備覽,算盤和靠椅上,被她救活的人就剛剛坐在這里的,後來却終於看見了病人落掉的紙片。 將軍夫人拾起紙片來,在裏面發見了三粒藥草的丸子,和她在上禮拜二給與薩木弗利辛的丸藥,是一模一樣的。

"就是那個……"她驚疑着說。"這也是那張紙…… 他連包也沒有打開呀! 那麽,他喫了什麽呢? 奇怪…… 他未必在騙我罷。"

將軍夫人的心裏,在她那十年行醫之間,開始生出疑惑來了……她叫進其次的病人來,當在聽他們訴說苦惱時,也覺得了先前沒有留

15

心，聽過就算的事。 一切病人，沒有一個不是首先恭維她的如神的療法的，佩服她醫道的學問，罵冒那些對症療法的醫生，待到她與奮到臉紅了，於是就來敍述他們的困苦。 這一個要一點地，別一個想討些柴，第三個要她許可在她的林子裏打獵。 她仰望着啓示給她眞理的神甫<u>亞理斯泰爾夫</u>的善良的，寬闊的臉，但一種新的眞理，却開始來咬她的心了。 那是一種不舒服的，沈悶的眞理。

人是狡猾的。

（一八八五年作）

簿記課副手日記抄

一八六三年五月十一日。 我們的六十歲的簿記課長格羅忒金一咳嗽，就喝和酒的牛奶，因此生了酒精中毒腦症了。 醫生們以他們特有的自信，斷定他明天就得死。 我終於要做簿記課長了。 這位置是早已允許了我的。

書記克萊錫且夫要喫官司，因為他毆打了一個稱他為官僚的請願者。 看起來，怕是要定罪的。

服藥草的煎劑，醫胃加答兒。

一八六五年八月三日。 簿記課長格羅忒金的胸部又生病了。他咳嗽，喝和酒的牛奶。 他一死，他的地位就是我的了。 我希望着，但我的希望又很微，因為酒精中毒腦症好像是未必一定會死的！

克萊錫且夫從一個亞美尼亞人的手裏搶過一張支票來，撕掉了。他也許因此要喫官司。

昨天一個老婆子（古立夫娜）對我說，我生的不是胃加答兒，是潛伏痔。這是很可能的！

一八六七年六月三十日。 看報告，說是阿剌伯流行着霍亂病。大約也要到俄國來的罷，那麼，就要放許多天假。 老格羅忒金死掉，我做簿記課長，也未可料的。 人也眞靭！ 據我看來，活得這麼久，簡直是該死！

喝什麼來治治我的胃加答兒呢？ 或者用莪求(1)子？

一八七〇年一月二日。 在格羅忒金的院子裏，一隻狗徹夜的叫。 我的使女貝拉該耶說，這是很準的兆頭，於是我和他一直談到兩點鐘，如果我做了簿記課長，就得弄一件浣熊皮子和一件睡衣。 我大約也得結婚。 自然不必處女，這和我的年紀是不相稱的，還是寡婦罷。

昨天，克萊錫且夫被逐出俱樂部了，因爲他講了一個不成樣子的笑話，還嘲笑了商業會館的會員波紐霍夫的愛國主義。 人們說，後一事，他是要喫官司的。

爲了我的胃加答兒，想看波忒庚醫師去。 人說，他醫治他的病人，很靈……

一八七八年六月四日。 報載威忒梁加流行着黑死病。 人們死得像蒼蠅一樣。 格羅忒金因此喝起胡椒酒來了。 但對於這樣的一個老頭子，胡椒酒恐怕也未必有效。 只要黑死病一到，我準要做簿記課長的。

一八八三年六月四日。 格羅忒金要死了。 我去看他，並且流

註一：此日本名，德名 Zitwer，中國名未詳——譯者。

着眼淚請他寬恕，因爲我等不及他的死。　他也眼淚汪汪的寬恕了我，還教我要醫胃加答兒，該喝橡子茶。

但克萊錫且夫幾乎又要喫官司————因爲他把一座租來的鋼琴，押給猶太人了。　雖然如此，他却已經有着史坦尼斯拉夫勳章，官銜也到了八等。　在這世界上的一切，眞是希奇得很！

生薑二沙(1)，高良薑一沙半，濃燒酒一沙，麒麟竭五沙，拌勻，裝入燒酒瓶裏，每晨空心服一小杯，可治胃加答兒。

一八八三年六月七日。　格羅忒金昨天下了葬。　這老頭子的死，我竟得不到一點好處！　每夜夢見他穿了白衫子，動着手指頭。傷心，該死的我的傷心：是簿記課長竟不是我，却是察里科夫。　得到這位置的竟不是我，却是一個小伙子，有那做着將軍夫人的姑母幫忙的。　我所有的希望都完結了！

一八八六年六月十日。　察里科夫家裏，他的老婆跑掉了。　這可憐人簡直沒有一點元氣了。　爲了悲傷，會尋短見也說不定的。倘使這樣，那麼，我就是簿記課長。　人們已在這麼說。　總而言之，希望還沒有空，人也還可以活下去，我也許還要用用浣熊皮。　至於結婚，我也不反對。　如果得了良緣，我爲什麼不結婚呢，不過是應該和誰去商量商量罷了；因爲這是人生大事。

註一：Solotnik 是俄國的重量名，一沙約合中國一錢一分餘——譯者。

克萊錫且夫昨天錯穿了三等官理爾曼的橡皮套鞋。 又是一個問題！

管門人巴伊希勸我，醫胃加答兒應該用昇汞。 我想試試看。

（一八八六年作）

那 是 她

"您給我們講點什麼罷!"年青的小姐們說。

大佐捻着他的白鬍子,㗱一㗱喉嚨,開口了——

"這是在一八四三年,我們這團兵紮在欠斯多霍夫的附近。 我先得告訴您,我的小姐們,這一年的冬天非常冷,沒有一天沒有哨兵凍掉了鼻子,或是大雪風吹着雪埋掉了道路的 。 嚴寒從十月底開頭,一直拖到四月。 那時候,您得明白,我可並不像現在,彷彿一個用舊了的煙斗的,却是一個年青的小伙子,像乳和血拌了起來的一樣,一句話,是一個美男子。 我孔雀似的打扮着,隨手化錢,捻着鬍子,這世界上就沒有一個學習士官會這樣。 我往往只要一隻眼睛一眱,把馬刺一響,把鬍子一捻,那麼,就是了不得的美人兒,也立刻變了百依百順的小羊了。 我貪女人,好像蜘蛛的貪蒼蠅,我的小姐們,假如你們現在想數一數那時纏住我的波蘭女子和猶太女子的數目,我通知你,數學上的數目恐怕是用不夠的…… 我還得告訴你們,我是一個副官,跳瑪楚爾加 (1) 的好手,娶的是絕世的美人,上帝呵,願

註一: Mazurka 是一種跳舞——譯者。

給她的靈魂平安。 我是怎樣一個莽撞而且胡鬧的人呢 —— 你們是猜也猜不到的。 在鄉下，只要有什麼關於戀愛的搗亂，有誰拔了猶太人的長頭髮，或是批了波蘭貴族的巴掌，大家就都明白，這是微惠爾安夫少佐幹的事。

"因為是副官，我得常常在全省裏跑來跑去，有時去買乾草或蕪菁，有時是將我們的廢馬賣給猶太人或地主，我的小姐們，但最多的倒是冒充辦公，去赴波蘭的千金小姐的密約，或者是和有錢的地主去打牌…… 在聖誕節前一天的夜裏，我還很記得，好像就在目前一樣，為了公事，叫我從欠斯多霍夫到先威里加村去…… 天氣可眞冷得厲害，連馬也咳嗽起來，我和我的馬車夫，不到半個鐘頭就成了兩條冰柱了…… 大冷天倒還不怎麼打緊，但請你們想一想，半路上可又起了大風雪了。 雪片團團的打着旋子，好像晨禱之前的魔鬼一樣，風發着吼，似乎是有誰搶去了牠的老婆，道路看不見了…… 不到十分鐘，我們大家——我，馬車夫和馬——就給雪重重的包裹了起來。

"'大人，我們迷了路了！'馬車夫說。

"'昏蛋！ 你在看什麼的，你這廢料？ 那麼，一直走罷，也許會撞着一家人家的！'

"我們儘走，儘走，儘是繞着圈子，到半夜裏，馬停在一個莊園的門口了，我還記得，這是屬於一個有錢的波蘭人，蟠耶特羅夫斯基伯

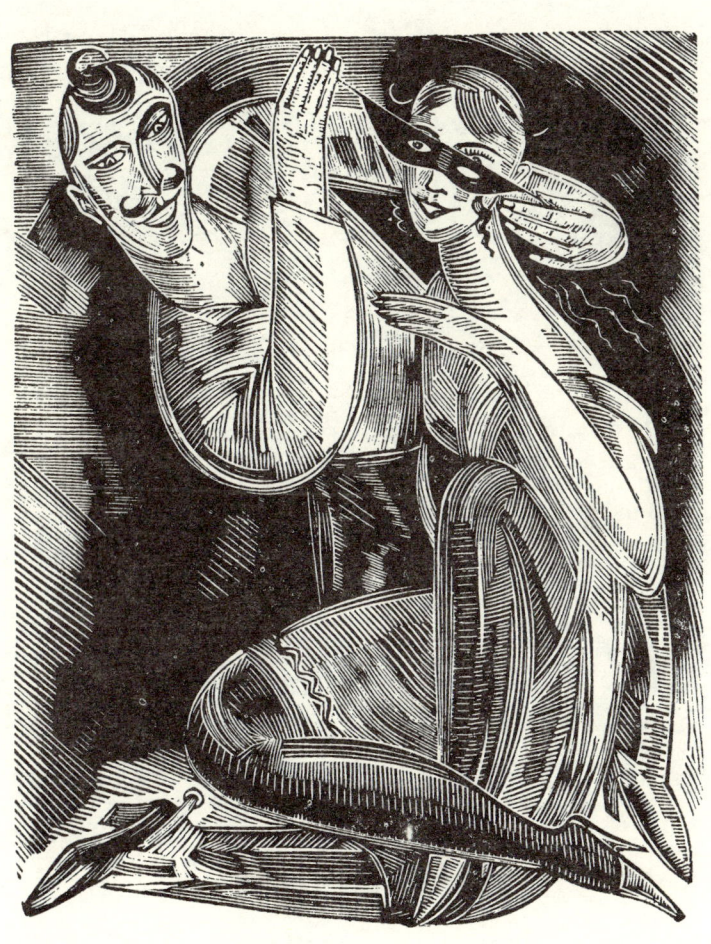

爾的。 波蘭人還是猶太人,在我就如飯後的濃茶,都可以,但我也應該說句真話,波蘭的貴族很愛客人,像年青的波蘭女子那樣熱情的女人,另外可也並沒有……

"我們被請進去了…… 潘耶特羅夫斯基伯爵這時住在巴黎,招待我們的是他的經理,波蘭人加希密爾·哈普進斯基。 我還記得,不到一個鐘頭,我已經坐在那經理的屋子裏,消受他的老婆獻殷勤,喝酒,打牌了。 我贏了十五個金盧布,喝足了酒之後,就請他們給我安息。 因爲邊屋裏沒有地方了,他們就引我到正屋的一間房子裏面去。

"'您怕鬼麼?' 那經理領我走到通着滿是寒冷和昏暗的大廳的一間小房子裏,一面問。

"'這里是有鬼的?' 我聽着自己的言語和脚步的回聲,反問道。

"'我不知道,'波蘭人笑了起來,'不過我覺得,這樣的地方,對於妖魔鬼怪是很合適的。'

"我真醉了,喝得像四萬個皮匠一樣,但這句話,老實說,却使我發抖。 媽的,見一個鬼,我寧可遇見一百個乞爾開斯人! 不過也沒有法,我就換了衣服,躺下了…… 我的蠟燭的弱弱的光,照在牆壁上,那牆壁上可是掛着一些東西,你們大約也想像得到的罷,是一張比一張更加嚇人的祖像,古代的兵器,打獵的角笛,還有相類的古怪的東西…… 靜到像墳墓一樣,只在間壁的大廳裏,有鼠子唧唧的叫着，和乾燥的木器發着畢畢剝剝的聲音。 房子外面呢，可彷彿是地獄…… 風唸着超度亡魂經，樹木被吹彎了，吼叫着，啼哭着；一個鬼東西，大約是外層窗門罷，發出悲聲，敲着窗框子。 你們想想看，還要加上我的頭正醉得在打旋子，全世界也和我的頭一同在打旋子呢…… 我如果閉上眼，就覺得我的眼肶在空屋子裏跑，和鬼怪跳着輪舞一樣。 我想減少這樣的恐怖，首先就吹熄了蠟燭，因為空蕩蕩的屋子,亮比暗是更加覺得可怕的……"

聽着大佐講話的三位小姐們,靠近他去了,凝視着他的臉。

"唔,"大佐講下去道,"我竭力的想睡着,可是睡魔從我這里逃走了。 忽然覺得像有偸兒爬進窗口來,忽然聽得像有誰在喊喊喳喳的說話,忽然又好像有人碰了我的肩頭————一句話,我覺到一切幻象,這是只要神經曾經異常緊張過的人們,全都經驗過來的。 現在你們也想想看,在這幻象和聲音的混沌中,我却分明的聽得,像有曳着拖鞋的聲音似的。 我尖起耳朵來,——你們想是什麼呀？——我聽到,有人走近了門口,咳嗽一下,想開門……

"'誰呀？' 我坐起來,一面問。

"'是我…… 用不着怕的！' 囘答的是女人的聲音。

"我走到門口去…… 只幾分鐘,我就覺得鴨絨一般綿輭的兩條女人的臂膊,擱在我的肩上了。

"'我愛你…… 我看你是比性命還貴重的,' 很悅耳的一種女人的聲音說。

"火熱的呼吸觸着我的面龐…… 我忘記了風雪,鬼怪,以及世界上的一切,用我的一隻手去摟住了那纖腰…… 那是怎樣的纖腰呵! 這樣的纖腰,是造化用了特別的佈置,十年裏頭只能造出一個來的…… 纖細,磋磨出來似的,熱烈而輕柔,好像一個嬰兒的呼吸! 我眞不能自制了,就用我的臂膊緊緊的抱住她…… 我們的嘴唇就合成一個緊密的,長久的接吻…… 我憑着全世界的女性對你們起誓,這接吻,我是到死也不會忘記的"

大佐住了口,喝過半杯水,用了有些含胡的聲音說下去道——

"第二天的早晨,我從窗口覘出去,却看見風雪越加厲害了……完全不能走。 我只好整天的坐在經理那里,喝酒,打牌。 一到夜,我就又睡在那空蕩蕩的屋子裏,到半夜,就又摟着那熟識的纖腰……眞的呢,我的小姐們,如果沒有這愛,我那時也許眞會無聊得送命,或者喝到醉死了的哩。"

大佐歎一口氣,站起身來,默默的在屋子裏面走。

"那麼…… 後來呢?"一位小姐屏息的等候着,一面問。

"全沒有什麼。 第二天,我們就走路了。"

"但是…… 那女人是誰呢?" 小姐們忸怩的問道。

"這是一猜就知道的,那是誰!"

"不,猜不到呀!"

"那就是我自己的老婆!"

三位小姐都像給蛇咬了似的,跳了起來。

"這究竟是……　怎麽的呀?"　她們問。

"阿呀,天哪,這有什麽難懂呢?"大佐聳一聳肩頭,煩厭似的囘問道。"我自己想,是已經講得很淸楚的了!　我是帶了自己的女人往<u>先威里加</u>村去的……　她在間壁的空房子裏過夜……　這不是很明白的麽!"

"哼哼……"　小姐們失望的垂下了臂膊,嘮叨道。"這故事,開頭是很好的,收場可是只有天曉得……　您的太太……　請您不要見氣,這故事簡直是無聊的……　也一點不漂亮。"

"奇怪!　你們要這不是我自己的女人,却是一個別的誰麽!　唉唉,我的小姐們,你們現在就在這麽想,一結了婚,不知道會得怎麽說呢?"

年靑的小姐們狠狠,沈默了。　她們都顯出不滿意的態度,皺着眉頭,大聲的打起呵欠來……　晚餐桌上她們也不喫東西,只用麵包搓着丸子,也不開口。

"哼,這簡直是……　毫無意思!"一個忍不住了,說,"如果這故事是這樣的收場,您何必講給我們來聽呢?　這一點也不好……這簡直是出於意外的!"

"開頭講得那麽有趣,却一下子收了梢……"別一個接着道。

"這不過是侮弄人,再沒有什麼別的了。

"哪,哪,哪,…… 我是開開玩笑的……"大佐說。"請你們不要生氣,我的小姐們,我是講講笑話的。 那其實並不是我自己的女人,却是那經理的……"

"是嗎!"

小姐們一下子都開心了,眼睛也發了光…… 她們挨近大佐去,不斷的給他添酒,提出質問來。 無聊消失了,晚餐也消失了,因為小姐們忽然胃口很好的大嚼起來了。

(一八八六年作)

波 斯 勳 章

位在烏拉爾山脈的這一面的一個市裏，傳播着一種風聞，說是這幾天，有波斯的貴人拉哈·海蘭住在扶桑旅館裏了。這風聞，並沒有引起市民的什麼印象，不過是：一個波斯人來了，甚麼事呀？ 只有市長斯台班·伊凡諾維支·古斤一個，一從衙門裏的祕書聽到那東方人的到來，就想來想去，並且探問道：

"他要上那兒去呢？"

"我想，大約是巴黎或者倫敦罷。"

"哼！…… 那麼，一個闊佬？"

"鬼知道。"

市長從衙門回家，用過中膳之後，他又想來想去了，而且這回是一直想到晚。 這高貴的波斯人的入境，很打動了他的野心。 他相信，這拉哈·海蘭是運命送到他這里來的，實現他渴求夢想的希望，正到了極好的時機了。 古斤已經有兩個徽章，一個斯坦尼斯拉夫三等勳章(1)，一個紅十字徽章和一個"水險救濟會"的會員章；此外他還自己做了一個錶鏈的掛件，是用六絃琴和金色鎗枝交叉起來的，從他

註一：這種勳章，只有三等，所以僅僅是起碼的東西——譯者。

制服的釦子洞裏拖了出來,遠遠的掣去,就見得不平常,很像光榮的記號。 如果誰有了勳章和徽章,越有,就越想多,那是一定的,——市長久已想得一個波斯的"太陽和獅子"勳章的了,他想得發惱,發瘋。 他知道得很明白,要弄這勳章到手,用不着戰爭,用不着向養老院捐款,也用不着去做議員,只要有一個好機會就夠。 現在是這機會好像來到了。

第二天正午,他掛上了所有的徽章,勳章,以及錶鍊之類,到扶桑旅館去。 他的運氣也真好,當他跨進波斯貴人的房間裏面的時候,貴人恰只一個人,而且正閒着。 拉哈・海蘭是一個高大的亞洲人,翠鳥似的長鼻子,凸出的大眼睛,頭戴一頂土耳其帽,坐在地板上,在翻他的旅行箱。

"請您寬恕我的打攪,"古斤帶着微笑,開始說。"有紹介自己的光榮:世襲有名譽的市民,各種勳章的爵士,斯台班・伊凡諾維支・古斤,本市市長。 認您個人為所謂親善的鄰邦的代表者,我覺得這是我的義務。"

那波斯人轉過臉來,說了幾句什麼很壞的法國話,那聲音就像木頭敲着木頭一樣。

"波斯的國界,"古斤仍說他準備好了的歡迎詞,"和我們的廣大的祖國的國界,是接觸的極其密切的,就因為這彼此的交感,使我要稱您為我們的同胞。"

高貴的波斯人站起來了，又說了一點什麼敲木頭似的話。　古斤，是什麼外國話也沒有學過的，只好搖搖頭，表示他聽不懂。

　　——我該怎麼和他說呢？——他自己想。——叫一個翻譯員來，那就好了，但這是麻煩的事情，別人面前不好說。　翻譯員會到全市裏去嚷嚷的。——

　　古斤於是把昌報上見過的所有外國字，都搬了出來。

　　"我是市長……"他吃吃的說。"這就是 Lord-Maire（市長）…… Municipalé（市的）…… Wui（怎樣）？ Komprené（懂麼）？"

　　他想用言語和手勢來表明他社會的地位，但不知道要怎麼辦才好。　掛在牆上的題着"威尼斯市"的一幅畫，却來救了他了。　他用指頭點點那市街，又點點自己的頭，以爲這麼一來，就表出了"我是市長"這一句。　波斯人一點也不懂，但也微笑着說道：

　　"Bon（好），monsieur……　bon……"

　　過了半點鐘，市長就輕輕的敲着波斯人的膝髁和肩頭，說道：

　　"Komprené? Wui?　做 Lard-Maire 和 Municipalé……　我請您去 Promenade（散步）一下……　Komprené? Promenade……"

　　古斤又向着威尼斯的風景，並且用兩個手指裝出走路的脚的模樣來。　拉哈・海蘭是在注視他那些徽章的，大約分明悟到他是本市的最重要人物了，並且懂得 "Promenade" 的意思，便很有些客氣。兩個人就都穿上外套，走出了房間。　到得下面的通到扶桑飯館的門

口的時候,古斤自己想,請這波斯人喫一餐 倒也很不壞。 他站住脚,指着食桌,說道:

"照俄國的習慣,這是不妨事的 ⋯⋯ 我想:Purée(肉餅),entrecôte(炸排骨)⋯⋯Champagne(香檳酒)之類⋯⋯ Komprené?"

高貴的客人懂得了,不多久,兩人就坐在飯館的最上等房間裏,喝着香檳,喫起來。

"我們爲波斯的興隆來喝一杯!"古斤說。 "我們俄國人是愛波斯人的。 我們的信仰不同,然而共通的利害,彼此的共鳴⋯⋯進步⋯⋯ 亞洲的市場⋯⋯ 所謂平和的前進⋯⋯"

高貴的波斯人喫得很利害。 他用叉刺着燻魚,點點頭,說:

"好! Bien (好)!"

"這中您的意?"古斤高興的問道。"Bien 嗎? 那好極了!" 於是轉向侍者,說道:"路加,給你的大人送兩尾燻魚到房間去,要頂好的!"

市長和波斯的貴人於是驅車到動物園去游覽。 市民們看見他們的斯台班・伊凡諾維支怎樣地香檳酒喝得通紅,快活地,而且很滿足地帶着波斯人看市裏的大街,看市場,還指點名勝給他看; 他又領他上了望火臺。

市民們又看見他怎樣地在一個雕着獅子的石門前面站住,向波斯人先指指獅子,再指指天上的太陽,又輕輕的拍幾下自己的前胸於是又指獅子，又指太陽，這時波斯人便點頭答應了，微笑着露出他雪白的牙齒。這晚上，他們倆坐在倫敦旅館裏，聽一個閨秀的彈琴；但夜裏怎麼樣呢，可是不知道。

第二天早上，市長就上衙門來；屬員們似乎已經有些曉得了：祕書走近他去，帶着嘲弄的微笑，對他說道：

"波斯人是有這樣的風俗的：如果有一個高貴的客人到您這里來，您就應該親自動手，為他宰一隻閹過的羊。"

過了一會，有人給他一封信，是從郵政局寄來的。古斤拆開封套，看見裏面是一張漫畫。畫着拉哈·海蘭，市長却跪在他面前，高高的伸着兩隻手，說道：

> 為了尊重俄羅斯和波斯的
>
> 彼此親善的表記，
>
> 大使呀，我甘心願意
>
> 宰掉自己當作閹羊，
>
> 但您原諒罷：我只是一匹驢子！

市長在心裏覺得不舒服，然而也並不久。一到正午，他就又在高貴的波斯人那里了，又請他上飯館，點給他看市裏的名勝，又領他到獅子門前，又指指獅子，指指太陽，並且指指自己的胸口，他們在扶桑旅館喫夜飯，喫完之後，就嘴裏啣着雪茄，顯着通紅的發亮的臉，又上望火臺。大約是市長想請客人看一齣希奇的把戲罷，便從上面向

33

着在下面走來走去的値班人，大聲叫喊道：

"打呀，警鐘！"

然而警鐘並沒有效，因為這時候，全部的救火隊員都正在洗着蒸汽浴。

他們在倫敦旅館喫夜飯，波斯人也就動身了。告別之際，斯台班·伊凡諾維支照俄國風俗，和他接吻三回，還淌了幾滴眼淚。列車一動，他叫道：

"請您替我們問波斯好。請您告訴他們，我們是愛波斯的！"

一年另四個月過去了。正值零下三十五度的嚴寒時節，刮着透骨的風。斯台班·伊凡諾維支却敞開了皮外套的前胸，在大街上走，並且很懊惱，是爲了沒有人和他遇見，看見他那太陽和獅子的勳章。他敞開着外套，一直走到晚，完全凍壞了；夜裏却只是翻來覆去，總是睡不着。

他氣悶，肚裏好像火燒，他的心跳個不住：現在是在想得塞爾比亞的泰可服勳章了。他想得很急切，很苦惱。

（一八八七年作）

暴　躁　人

我是一個一本正經的人，我的精神，有着哲學的傾向。　說到職業，我是財政學家，研究着理財法，正在寫一篇關於"畜犬稅之過去與未來"的題目的論文。　所有什麼少女呀，詩歌呀，月兒呀 以及別的無聊東西，那當然是和我並無關係的。

早上十點鐘。　我的媽媽給我一杯咖啡。　我一喝完，就到露臺上面去，爲的是立刻做我的論文。　我拿過一張白紙來，把筆浸在墨水瓶裏，先寫題目："畜犬稅之過去與未來"。　我想了一想，寫道："史的概觀。　據見於海羅陀都斯與克什諾芬〔1〕之二三之暗示，則畜犬稅之起源……"

但在這瞬息間，忽然聽到了很可慮的脚步聲。　我從我的露臺上望下去，就看見一個長臉盤，長腰身的少女。　她的名字，我想，是那罩加或是瓦連加；但這與我不相干。　她在尋東西，裝作沒有見我的樣子，自己哼着：

"你可還想起那滿是熱情的一曲……"

註一：　Herodotus (484—408 B. C.)，希臘史家，世稱"歷史之父"；　Xenophon (435—354 B. C.)，希臘史家，哲學家，也是將軍——譯者。

我覆看着自己的文章,想做下去了,但那少女却顯出好像忽然看見了我的樣子,用悲哀的聲音,說道:

"晨安,尼古拉·安特來維支！ 您看,這多麼倒運！ 昨天我在這里散步,把手鐲上的掛件遺失了。"

我再看一回我的論文,改正了錯誤的筆畫,想做下去了,然而那少女不放鬆。

"尼古拉·安特來維支",她說,"謝謝您,請您送我回家去。 凱來林家有一隻大狗,我一個人不敢走過去呀。"

沒有法子。 我放下筆,走了下去。 那罩加或是瓦連加便絙住了我的臂膊,我們就向她的別墅走去了。

我一碰上和一位太太或是一位小姐挽着臂膊,一同走路的義務,不知道爲什麼緣故,我總覺得好像是一個鈎子,掛上了一件沈重的皮衣;然而那罩加或是瓦連加呢、我們私下說說罷,却有着情熱的天性(她的祖父是亞美尼亞人),她有一種本領,是把她全身的重量,都掛在我的臂膊上,而且緊貼着我的半身,像水蛭一樣。 我們這樣的走着…… 當我們走過凱來林家的別墅旁邊時,我看見一條大狗,這使我記起畜犬稅來了。 我出神的掛念着我那開了手的工作,歎一口氣。

"您爲什麼歎氣",那罩加或是瓦連加問我道,於是她自己也歎一口氣。

我在這里應該夾敍幾句。 那覃加或是瓦連加（現在我記得了，她叫瑪先加）不知從那里想出來的，以爲我在愛她，爲了人類愛的義務，就總是萬分同情的注視我，而且要用說話來醫治我心裏的傷。

"您聽呀"，她站住了，說，"我知道您爲什麼歎氣的。 您在戀愛，是罷！ 但我憑了我們的友情，要告訴您，您所愛的姑娘，是很尊敬您的！ 不過她不能用了相同的感情，來報答你的愛，但是，如果她的心是早屬於別人的了，這那里能說是她的錯處呢？"

瑪先加鼻子發紅，脹大了，眼睛裏滿含了眼淚；她好像是在等我的囘答，但幸而我們已經到了目的地…… 簷下坐着瑪先加的媽媽，是一個好太太，但滿抱着成見；她一看見她女兒的亢奮的臉，就注視我許多工夫，並且歎一口氣，彷彿是在說："唉唉，這年青人總是遮掩不住的！" 除她之外，簷下還坐着許多年青的五顏六色的姑娘，她們之間，還有我的避暑的鄰居，在最近的戰爭時，左顋顬和右臀部都負了傷的退伍軍官在裏面。 這不幸者也如我一樣，要把一夏天的時光獻給文學的工作。 他在寫"軍官囘憶記"。 他也如我一樣，是每天早晨，來做他那貴重的工作的，但他剛寫了一句："余生於××××年"，他的露臺下面便有一個什麼瓦連加或是瑪先加出現，把這可憐人查封了。

所有的人，凡是坐在簷下的，都拿着鋏子，在清理什麼無聊的，要煑果醬的漿果。 我打過招呼，要走了。 但那些五顏六色的年青姑娘們却嚷着拿走了我的帽子和手杖,要求我停下來。 我只好坐下。她們就遞給我一盤漿果和一枝髮針。 我也動手來清理。

五顏六色的年青姑娘們在議論男人們。 這一個溫和,那一個漂亮,然而不得人意,第三個討厭,第四個也不壞,如果他的鼻子不像指頭套,云云,云云。

"至於您呢, Monsieur（1）尼古拉,"瑪先加的媽媽轉過臉來,對我說,"是不算漂亮的,然而得人意…… 您的臉上有一點…… 況且,"她歎息,"男人最要緊的並不是美,倒是精神。"

年青的姑娘們却歎息着,順下眼睛去。 她們也贊成了,男人最要緊的並不是美,倒是精神。 我向鏡子一瞥,看看我有怎樣的得人意。 我看見一個蓬蓬鬆鬆的頭,蓬蓬鬆鬆的頰鬚和唇鬚,眉毛,面龐上的毛,眼睛下面的毛,是一個樹林,從中突出着我那強固的鼻子,像一座塔。 漂亮,人也只好這麼說了!

"所以您是用精神方面,賽過了別樣的, 尼古拉,"瑪先加的媽媽歎息着說,好像她在使自己藏在心裏的思想,更加有力量。

瑪先加在和我一同苦惱着,但對面坐着一個愛她的人的意識,似乎立刻給了她很大的歡樂了。 年青的姑娘們談完了男人,就論起戀

註一：法國話,如中國現在之稱"先生"；那時俄國的上流社會,說法國話是算時髦的——譯者。

愛來。 這議論繼續了許多工夫之後，一個姑娘站起身，走掉了。 留下的就又趕緊來批評她。 大家都以為她胡塗，難對付，很討厭，而且她的一塊肩胛骨，位置又是不正的。

謝謝上帝，現在可是我的媽媽差了使女來叫我喫飯了。 現在我可以離開這不舒服的聚會，囘去再做我的論文了。 我站起來，鞠一個躬。 瑪先加的媽媽，瑪先加自己，以及所有五顏六色的年青姑娘們，便把我包圍，並且說我並無囘家的權利，因為我昨天曾經對她們有過金諾，答應和她們一同喫中飯，喫了之後，就到樹林裏去找菌子的。 我鞠一個躬，又坐下去…… 我的心裏沸騰着憎惡，並且覺得我已經很難忍耐，立刻就要爆發起來了，然而我的禮貌和生怕搗亂的憂慮，又牽制我去順從婦女們。 我於是順從着。

我們就了食桌。 那顴顬部受了傷的軍官，下巴給傷牽扯了，喫飯的模樣，就像嘴裏啣着馬嚼子。 我用麵包搓丸子，記掛着蓄犬稅，而且想到自己的暴躁的性子，竭力不開口。 瑪先加萬分同情的看着我。 搬上來的是冷的酸模湯，青豆牛舌，燒子雞和糖煑水果。 我不想喫，但為了禮貌也喫着。 飯後，我獨自站在簷下吸煙的時候，瑪先加的媽媽跑來了，握了我的手，氣喘吁吁的說道：

"但是你不要絕望，尼古拉，…… 她是這樣的一個容易感觸的性子呀…… 這樣的一個性子!"

我們到樹林裏去找菌子…… 瑪先加掛在我的臂膊上，而且緊緊的吸住了我一邊的身體。 我真苦得要命了,但是忍耐着。

我們走到了樹林。

"您聽呀,Monsieur 尼古拉,"瑪先加歎息着開口了:"您爲什麼這樣傷心的? 您爲什麼不說話的?"

真是一個奇特的姑娘:我和她有什麼可談呢? 我們有什麼投契之處呢?

"請您講一點什麼罷……"她要求說。

我竭力要想出一點她立刻就懂,極平常的事情來。 想了一會之後,我說道:

"砍完森林,是給俄國很大的損害的……"

"尼古拉!"瑪先加歎着,她的鼻子紅起來了。"尼古拉,我看您是在迴避明說的…… 您想用沈默來懲罰我…… 你的感情得不到囘音,您就孤另另的連苦痛也不說…… 這是可怕的呀。尼古拉!"她大聲的說,突然抓住了我的手,我還看見她的鼻子又在發脹了。"如果您所愛的姑娘,對您提出永久的友誼來,您怎麼說呢?"

我哼了一點不得要領的話,因爲我實在不知道,我有什麼和她可說的…… 請您知道:第一是我在這世界上什麼姑娘也不愛;第二,我要這永久的友誼有什麼用呢? 第三是我是很暴躁的。 瑪先加或是瓦連加用兩手掩着臉,像對自己似的,低低的說道:

"他不說…… 他明明是在要求我做犧牲…… 但如果我還是

永久的愛着別一個，那可是不能愛他的呀！ 況且…… 讓我想一想罷…… 好，我來想一想罷…… 我聚集了我的靈魂的所有的力，也許用了我的幸福的代價，將這人從他的苦惱裏超度出來罷！"

我不懂。 這對於我，是一種凱巴拉(1)。 我們再走開去，探集着菌子。 我們沈默得很久。 瑪先加的臉上，顯出內心的戰鬥來。我聽到狗叫：這使我記得了我的論文，我於是大聲歎息了。 我在樹幹之間看見了負傷的軍官。 這極頂可憐的人很苦楚地左右都瞥着脚：左有他負傷的臀部，右邊是掛着一個五顏六色的年青的姑娘。他的臉上，表現着對於命運的屈服。

從樹林囘到別墅裏，就喝茶。 後來我們還玩克羅開忒(2)，聽五顏六色的年青姑娘們中之一唱曲子："不呀，你不愛我，不呀，不呀！"唱到"不呀"這一句，她把嘴巴歪到耳朵邊。

"Charmant！"(3)其餘的姑娘們呻吟道。 "Charmant！"

黃昏了。 叢樹後面出現了討厭的月亮。 空氣很平靜，新割的乾草發出不舒服的氣味來。 我拿起自己的帽子，要走了。

"我和您說句話，"瑪先加大有深意似的，悄悄地說。 "您不要

註一： Kabbala 希伯來的神祕哲學——譯者。

註二： Krocket是一種室外遊戲——譯者。

註三： 法國語，讚詞——譯者。

走。"

我覺得有點不妙。 但爲了禮貌,我留着。 瑪先加拉了我的臂膊,領我沿着列樹路走。 現在是她全身都現出戰鬥來了。 她顏色蒼白,呼吸艱難,簡直有扭下我的右臂來的形勢。 她究竟是怎麼的?

"您聽罷,……" 她低聲說。"不行,我不能……不行……"

她還要說些話,然而決不下。 但我從她的臉上看出,她可是決定了。 她以發光的眼睛和發脹的鼻子,突然抓住了我的手,很快的說道:

"尼古拉,我是你的! 我不能愛你,但我約給你忠實!"

她於是貼在我的胸膛上,又忽然跳開去了。

"有人來了……" 她低聲說,"再見……明早十一點,我在花的亭子裏…… 再見!"

她消失了。 我莫名其妙,心跳着回家。 "畜犬稅之過去與未來"在等候我,然而我已經不能工作了。 我狂暴了。 也可以說,我簡直可怕了。 豈有此理,將我當作乳臭小兒看待,我是忍不住的! 我是暴躁的,和我開玩笑,是危險的! 使女走進來,叫我晚餐的時候,我大喝道:"滾出去!" 我的暴躁的性子,是不會給人大好處的。

第二天的早晨。 這眞是一個避暑天氣,氣溫在零度下,透骨的寒風,雨,爛泥和樟腦丸氣味,我的媽媽從提包裏取出她那冬天外套來了。 是一個惡鬼的早晨。 就是一八八七年八月七日 有名的日蝕出現的時候。 我還應該說明,當日蝕時,我們無論誰,即使並非天文學家,也能夠弄出大益處來的。 誰都能做的是:一,測定太陽和月亮的直徑;二,描畫日冠;三, 測定溫度; 四,觀察日蝕時的動物和植物;五,寫下本身的感覺來,等等。 這都是很重要的事,使我也決計推開了"畜犬稅之過去與未來",來觀察日蝕了。 我們大家都起得很早。 所有目前的工作,我是這樣分配的:我測量太陽和月亮的直徑,負傷軍官畫日冠,瑪先加和五顏六色的年青姑娘們,就擔任了其餘的一切。 現在是大家聚起來,等候着了。

"日蝕是怎麼起來的呢?"瑪先加問我說。

我回答道:"如果月亮走過黃道的平面上,到了連結太陽和月亮的中心點的線上的時候,那麼,日蝕就成立了。"

"什麼是黃道呢?"

我把這對她說明。 瑪先加注意的聽着,於是發問道:

"用一塊磨毛了的玻璃,可以看見那連結着太陽和月亮的中心點的線麼?"

我回答她,這是想像上的線。

"如果這單是想像,"瑪先加驚奇了,"那麼,月亮怎麼能找到牠的位置呢?"

我不給她囘答。 我覺得這天眞爛縵的質問,眞使我心驚膽戰了。

43

"這都是胡說,"瑪先加的媽媽說。"後來怎樣,人是不能夠知道的,您也沒有上過天;您怎麼想知道太陽和月亮出了什麼事呢? 空想罷了!"

然而一塊黑斑,跑到太陽上面來了。 到處的混亂。 母牛,綿羊和馬,就翹起了尾巴,怕得大叫着,在平野上奔跑。 狗嗥起來。 臭蟲以爲夜已經開頭了,就從牠的隙縫裏爬出,來咬還在睡覺的人。 恰恰運着王瓜囘去的助祭,就跳下車子,躱到橋下,他的馬却把車子拉進了別人的院子裏,王瓜都給猪喫去了。 一個稅務官員,是不在家裏,却在避暑女客那里過夜的,只穿一件小衫,從房子裏跳出,奔進羣衆裏面去,還放聲大叫道:"逃命呀! 你們!"

許多避暑的女人們,年青的和漂亮的,給喧鬧驚醒,就靴也不穿,闖到街上來。 還有許多別的事,我簡直怕敢重述了。

"唉唉,多麼可怕!"五顏六色的年青姑娘們呼號道。"唉唉,多麼可怕!"

"Mesdames(1),觀測罷!"我叫她們。"時間是要緊的呀!"

我自己連忙測量直徑…… 我記得起日冠來,就用眼睛去尋那負傷的軍官。 他站着,什麼也不做。

"您怎麼了?"我大聲說。"日冠呢?"

註一:法國語,在這里大約只好譯作"小姐們"了——譯者。

他聳一聳肩膀，用無可奈何的眼光，示給我他的臂膊。　原來這極頂可憐人的兩條臂膊上，都掛着一個年青姑娘；因爲怕極了，緊貼着他，不放他做事。　我拿一枝鉛筆，記下每秒的時間來。　這是重要的。　我又記下觀測點的地理上的形勢。　這也是重要的。　現在我要決定直徑了，但瑪先加却揎住了我的手，說道：

"您不要忘記呀，今天十一點！"

我抽出我的手來，想利用每一秒時，繼續我的觀測，然而瑪先加發着抖，縋在我的臂膊上了，還緊挨着我半邊的身子。　鉛筆，玻璃，圖，——全都滾到草裏去了。　豈有此理！　我是暴躁的，我一惱怒，自己也保不定會怎樣，這姑娘可眞的終於要明白了。

我還想接着做下去，但日蝕却已經完結了。

"您看着我呀！"她嬌柔地低聲說。

阿，這已經是愚弄的極頂了！　人應該知道，和男子的忍耐來開這樣的玩笑，是只會得到壞結果的。　如果出了什麽可怕的事情，可不要來責難我！　我不許誰來愚弄我，眞眞豈有此理，如果我惱怒起來，誰也不要來勸我，誰也不要走近我罷！　我是什麽都幹得出來的！

年青的姑娘們中的一個，大概是從我的臉上，看出我要惱怒來了，分明是爲了寬慰我的目的，便說道：

"尼古拉·安特來維支，我辦妥了你的囑託了。　我觀察了哺乳動物。　我看見日蝕之前，一匹灰色狗在追貓，後來搖了許多工夫尾巴。"

就這樣子,從日蝕是一無所得。 我回了家。 天在下雨,我不到露臺上去做事。 但負傷軍官却敢於跑出他的露臺去,並且還寫 "余生於××××年";後來我從窗子裏一望,是一個年青姑娘把他拖往別墅裏去了。 我不能寫文章,因為我還在惱怒,而且心跳。 我沒有到園亭去。 這是有失禮貌的,但天在下雨,我也眞的不能去。 正午,我收到瑪先加的一封信;信裏是譴責,請求,要我到園亭去,而且寫起"你"來了。 一點鐘我收到第二封信,兩點鐘第三封…… 我只得去。 但臨走之前,我應該想一想,我和她說些什麼呢。 我要做得像一個正人君子。 第一,我要對她說,她以為我在愛她,是毫無眼據的。 這樣的話,原不是對閨秀說的。 對一個閨秀說:"我不愛您",就恰如對一個作家說:"您不懂得寫東西"。 我還不如對瑪先加講講我的結婚觀罷。 我穿好冬天外套,拿了雨傘,走向亭園去。 我知道自己的暴躁的性子,就怕話說得太多。 我要努力自制才好。

我等在園亭裏。 瑪先加臉色青白,哭腫着眼睛。 她一看見我,就歡喜得叫起來了,抱住我的頸子,說道:

"到底! 你在和我的忍耐力開玩笑罷。 聽罷,我整夜沒有睡着…… 總是想。 我覺得,我和你,如果我和你更加熟識起來……那是會愛的……"

我坐下,開始對她來講我的結婚觀了。 為了不要太散漫,而且講得簡潔，我就用一點史的概觀開頭。 我說過了印度人和埃及人的結婚，於是講到近代；也說明了叔本華(1)的思想之一二。 瑪先加是很留心的聽着的，但忽然和各種邏輯不對勁，知道必須打斷我了。

"尼古拉，和我接吻呀！"她對我說。

我很狼狽，也不知道應該和她怎麼說。 她却總是反覆着她的要求。 沒有法子，我站起來，把我的嘴唇碰在她的長臉上，這感覺，和我還是孩子時候，在追悼式逼我去吻死掉的祖母的感覺，是一樣的。然而瑪先加還不滿於這接吻，倒是跳了起來，拚命的擁抱了我。 在這瞬息中，園亭門口就出現了瑪先加的媽媽。 她顯着喫驚的臉，對誰說了一聲"噓！"就像運送時候的梅菲斯妥沛來斯(2)似的消失了。

我失措地，恨恨地回家去。 家裏却遇見了瑪先加的媽媽，她含了淚，擁抱着我的媽媽。 我的媽媽正在流着眼淚說：

"我自己也正希望着呢！"

於是——您們以為怎樣？…… 瑪先加的媽媽就走到我這里來，擁抱了我，說道：

"上帝祝福你們！ 要好好地愛她…… 不要忘記，她是給你做了犧牲的……"

註一：Arthur Schopenhauer (1788—1860), 德國的厭世的哲學者，也極憎惡女人——譯者。

註二：Mephistopheles, 就是"浮士德"裏的天魔，把浮士德送到獄中的愛人面前，就消失了。 這里大約只取了送入牢獄的意思——譯者。

現在是我就要結婚了。當我寫着這些的時候，儐相就站在我面前，催我要趕快。這些人眞也不明白我的性子，我是暴躁的，連自己也保不定！豈有此理，後來怎樣，你們看着就是！把一個暴躁的人拖到結婚禮壇去，據我看來，是就像把手伸進猛虎的柙裏去一樣的。我們看着罷，我們看着罷，後來怎麽樣！

··

這樣子，我是結了婚了。大家都慶賀我，瑪先加就總是纏住我，並且說道：

"你要明白，你現在是我的了！說呀，你愛我！說呀！"

於是她的鼻子就脹大了起來。

我從儐相那里，知道了那負傷的軍官，用非常惬當的方法，從赤繩裏逃出了。他把一張醫生的診斷書給一個五顏六色的年青姑娘看，上面寫着他因為顳顬部的傷，精神有些異常，在法律上是不許結婚的。眞想得到！我也能夠拿出這樣的東西來的。我的一個叔伯是酒徒，還有一個叔伯是出奇的胡塗（有一囘，他當作自己的帽子，錯戴了女人的頭巾），一個姑母是風琴瘋子，一遇見男人們，便對他們伸出舌頭來。再加以我的非常暴躁的性子——就是極為可疑的症候。但這好想頭為什麽來得這樣遲呢？唉唉，為什麽呢？

（一八八七年作）

陰　　謀

一，選舉協會代表。

二，討論十月二日事件。

三，正會員 M・N・翌・勃隆醫師的提議。

四，協會目前的事業。

十月二日事件的張本人醫師夏列斯安夫，正在準備着赴會；他站在鏡子前面已經好久了，竭力要給自己的臉上現出疲倦的模樣來。如果他顯着興奮的，緊張的，紅紅的或是蒼白的臉相去赴會罷，他的敵人是要當作他對於他們的陰謀，給與了重大的意義的，然而，假使他的臉是冷淡，不動聲色，像要睡覺，恰如一個站在衆愚之上，倦於生活的人呢，那麽，那些敵人一看見，就會肅然起敬，而且心裏想道：

　　他硬擡着不屈的頭，

　　高於勝利者拿破崙的紀念碑！

他要像一個對於自己的敵人和他們的惡聲並不介意的人一樣，比大家更遲的到會。他要沒有聲響的走進會場去，用懶洋洋的手勢摸一下頭髮，對誰也不看，坐在桌子的末一頭。他要採取那苦於無聊的旁聽者的態度，悄悄的打一個呵欠，從桌上拉過一張日報，看起來……　大家是說話,爭論,激昂,彼此叫着守秩序,然而他却一聲也不響,在看報。　但終於時常提出他的名字來,火燒似的問題到了白熱了,他才向同僚們抬起他那懶懶的疲倦的眼睛,很不願意似的開口道:

"大家硬要我說話……　我完全沒有準備,諸君,所以我的話如果有些不周到,那是要請大家原諒的。　我要 ab ovo（從最初）開頭……　在前一次的會議上,幾位可敬的同事已經發表,說我在會同診斷的時候,很有些不合他們尊意的態度,要求我來說明。　我是以為說明是多事,對於我的非難也是不對的,就請將我從協會除名,退席了。　但現在,對於我又提出新的一串責備來了,不幸得很,看來我也只好來說明一下子。　那是這樣的。"

於是他就隨隨便便的玩着鉛筆或銕鍊,說了起來,會同診斷的時候,他發出大聲,以及不管別人在旁,打斷同事的說話,是眞的;有一回會同診斷時,他在醫師們和病人的親屬面前,問那病人道:"那一個糊塗蟲給您開了雅片的呀?"這也是眞的。　幾乎沒有一回會同診斷不鬧一點事……　然而,什麼緣故呢?　這簡單得很。　就是每一回會診,同事們的智識程度之低,不得不使他夏列斯妥夫驚異。　本市有醫師三十二人,但其中的大部分,却比一年級的大學生知道得還要少。　例子是不必旁徵博引的。　Nomina sunt（舉出姓名來）,自然,odiosa（要避免）,但在這會場裏,都是同行,省得以為妄談,他却也可以說出名姓來的。 大家都知道,例如可敬的同事望‧勃隆先生,他用探針把官太太絞略息基娜的食道戳通了……

這時候,同事望‧勃隆就要發跳,在頭上拍着兩手,大叫起來:

"同事先生,這是您戳通的呀,不是我! 是您! 我來證明!"

夏列斯妥夫却置之不理,繼續的說道:

"這也是大家知道的,可敬的同事希拉把女優絞米拉米提娜的游走腎誤診爲膿瘍,行了試行刺穿,立刻成爲 exitus letalis （死症）了。還有可敬的同事培斯忒倫珂,原是應該拔掉左足大趾的爪甲的,他却拔掉了右足的好好的爪甲。 還有不能不報告的一件事,是可敬的同事台爾哈良支先生,非常熱心的開通了士兵伊凡諾夫的歐斯答幾氏管,至於弄破了病人的兩面的鼓膜。 趁這機會我還要報告一下,也是這位同事,因爲給一個病人拔牙,使她的下顎骨脫了臼,一直到她答應願出五個盧布醫費了,這才替她安上去。 可敬的同事古理金和藥劑師格倫美爾的姪女結了婚,和他是通着氣脈的。 這也誰都知道,我們本會的祕書,少年的同事斯可羅派理台勒尼,和我們可敬的會長古斯泰夫‧古斯泰服維支‧普萊息台勒先生的太太有關係……從智識程度之低的問題,我竟攻擊到道德上去了。 這更其好。 倫理,是我們的傷口,諸君,爲了免得以爲妄談,我要對你們舉出我們的可敬的同事普蘇耳珂夫來,他在大佐夫人德來錫金斯凱耶命名日慶祝的席上,竟在說,和我們的可敬的會長夫人有關係的, 並非可羅派

51

理台勒尼，倒是我！　敢於這麽說的普蘇耳珂夫先生，前年我却親見他和我們的可敬的同事思諾比支的太太在一起！　此外，思諾比支醫師……　都說凡有閨秀們請他去醫治，就不十分妥當的醫生，是誰呀？——思諾比支！　爲了帶來的嫁資，和商人的女兒結婚的是誰呀？——思諾比支！　然而我們的可敬的會長怎麽樣呢，他暗暗的用着類似療法，還做奸細，拿普魯士的錢。　一個普魯士的奸細——這已經確是 ultima ratio （惟一的結論）了！"

凡有醫師們，倘要顯出自己的聰明和是幹練的雄辯家來，就總是用這兩句臘丁話："nomina sunt odiosa" 和 "ultima ratio"。　夏列斯妥夫却不只臘丁話，也用法國和德國的，愛說什麽就說什麽！　他要暴露大家的罪過，撕掉一切陰謀家的假面；會長搖鈴搖得乏力了，可敬的同事們從坐位上跳起來，搖着手……　摩西教派的同事們是聚作一團，在嚷叫。

然而夏列斯妥夫却對誰也不看，仍然說：

"但我們的協會又怎麽樣呢，如果還是現在的組織和現在的秩序，那不消說，是就要完結的。　所有的事，都靠着陰謀。　陰謀，陰謀，第三個陰謀！　成了這魔鬼的大陰謀的一個犧牲的我，這樣的說明一下，我以爲是我的義務："

他就說下去，他的一派就喝采，勝利的拍手。　在不可以言語形容的喧囂和轟勷裏，開始選舉會長了。　望・勃隆公司拚命的給普萊

息台勒出力,然而公衆和明白的醫師們却加以阻撓,並且叫喊道:

"打倒普萊息台勒! 我們要夏列斯妥夫! 夏列斯妥夫!"

夏列斯妥夫承認了當選,但有一個條件,是普萊息台勒和望・勃隆爲了十月二日的事件,得向他謝罪。 又起了震聾耳朶的喧嚣,摩西教派的可敬的同事們又聚作一堆,在嚷叫……普萊息台勒和望・勃隆憤慨了,終於辭去了做這協會的會員。 那更好!

夏列斯妥夫是會長了。 首先第一著,是打掃這穢墟。 思諾比支應該出去! 台爾哈良支應該出去! 摩西教派的可敬的同事們應該出去! 和他自己的一派,要弄到一到正月,就再不剩一點陰謀。他先使刷新了協會裏的外來病人診治所的牆壁,還掛起一塊"嚴禁吸煙"的牌示來;於是把男女的救護醫員都趕走,藥品是不要格倫美爾的了,去取赫拉士舍別支基的,醫師們還提議倘不經過他的鑒定,就不得施行手術,等等。 但最關緊要的,是他名片上印着這樣的頭銜:"N醫師協會會長"。

夏列斯妥夫站在家裏的鏡子前面,在做這樣的夢。 時鐘打了七下,他也記起他應該赴會了。 他從好夢裏醒轉,趕緊要使他的臉顯出疲倦的表情來,但那臉却不願意依從他,只成了一種酸酸的鈍鈍的表情,像受凍的小狗兒一樣;他想臉再分明些,然而又見得長了起來,模胡下去,似乎已經不像狗,却彷彿一隻鵝了。 他順下眼皮,細一細眼睛,鼓一鼓面頰,皺一皺前額,不過都沒有救:現出來的全不是他所

53

希望的樣子。　大約這臉的天然的特色就是這一種,奈何牠不得的。前額是低的,兩隻小眼睛好像狡猾的女商人,輪來輪去,下巴向前凸出,又蠢又獸,那面龐和頭髮呢,就和一分鐘前,給人從彈子房裏推了出來的"可敬的同事"一模一樣。

夏列斯妥夫看了自己的臉,氣忿了,覺得這臉對他也在弄陰謀。他走到前廳,準備出去,又覺得連那些皮外套,橡皮套靴和帽子,也對他在弄着陰謀似的。

"車夫,診治所去!"他叫道。

他肯給二十個戈貝克,但陰謀團的車夫們,却要二十五個戈貝克……　他坐在車上,走了,然而冷風來吹他的臉,溼雪來瞇他的眼,可憐的馬在拉不動似的慢慢的一拐一拐的走。　一切都同盟了,在弄着陰謀……　陰謀,陰謀,第三個陰謀!

（一八八七年作）

譯者後記

契訶夫的這一羣小說,是去年冬天,為了"譯文"開手翻譯的,次序並不照原譯本的先後。 是年十二月,在第一卷第四期上,登載了三篇,是"假病人","薄記課副手日記抄"和"那是她",題了一個總名,謂之"奇聞三則",還附上幾句後記道——

以常理而論,一個作家被別國譯出了全集或選集,那麼,在那一國裏,他的作品的注意者,閱覽者和研究者該多起來,這作者也更為大家所知道,所了解的。 但在中國却不然,一到翻譯集子之後,集子還沒有出齊,也總不會出齊,而作者可早被壓殺了。 易卜生,莫泊桑,辛克萊,無不如此,契訶夫也如此。

不過姓名大約還沒有被忘却。 他在本國,也還沒有被忘却的,一九二九年做過他死後二十五週的紀念,現在又在出他的選集。 但在這里我不想多說什麼了。

"奇聞三篇" 是從 Alexander Eliasberg 的德譯本 "Der persiche Orden und andere Grotesken"(Welt-Verlag, Berlin, 1922)裏選出來的。 這書共八篇,都是他前期的手

筆,雖沒有後來諸作品的陰沈,却也並無什麼代表那時的名作,看過美國人做的"文學概論"之類的學者或批評家或大學生,我想是一定不准牠稱爲"短篇小說"的,我在這裡也小心一點,根據了"Groteske"這一個字,將牠翻作了"奇聞"。

第一篇介紹的是一窮一富,一厚道一狡猾的貴族;第二篇是已經爬到極頂和日夜在想爬上去的僱員;第三篇是圓滑的行伍出身的老紳士和愛聽豔聞的小姐。 字數雖少,脚色却都活畫出來了。 但作者雖是醫師,他給簿記課副手代寫的日記是當不得正經的,假如有誰看了這一篇,眞用昇汞去治胃加答兒,那我包管他當天就送命。 這種通告,固然很近於"杞憂",但我却也見過有人將舊小說裏狐鬼所說的藥方,抄進了正經的醫書裏面去——人有時是頗有些希奇古怪的。

這回的翻譯的主意,與其說爲了文章,倒不如說是因爲插畫; 德譯本的出版,好像也是爲了插畫的。 這位插畫家瑪修丁 (V. N. Massiutin),是將木刻最早給中國讀者賞鑒的人,"未名叢刊"中"十二個"的插圖,就是他的作品,離現在大約已有十多年了。

今年二月,在第六期上又登了兩篇:"暴躁人"和"壞孩子"。

那後記是——

契訶夫的這一類的小說,我已經紹介過三篇。 這種輕鬆的小品,恐怕中國是早有譯本的,但我却爲了別一個目的:原本的插畫,大概當然是作品的裝飾,而我的翻譯,則不過當作插圖畫的說明。

就作品而論,"暴躁人"是一八八七年作;據批評家說,這時已是作者的經歷更加豐富,覺察更加廣博,但思想也日見陰鬱,傾於悲觀的時候了。 誠然,"暴躁人"除寫這暴躁人的其實並不敢暴躁外, 也分明的表現了那時的閨秀們之鄙陋,結婚之不易和無聊;然而一八八三年作的大家當作滑稽小品看的"壞孩子",悲觀氣息却還要沈重,因爲看那結末的敍述,已經是在說:報復之樂,勝於戀愛了。

接着我又寄去了三篇:"波斯勳章","難解的性格"和"陰謀",算是全部完畢。 但待到在"譯文"第二卷第二期上發表出來時,"波斯勳章"不見了,後記上也删去了關於這一篇作品的話,並改"三篇"爲"二篇"——

木刻插畫本契訶夫的短篇小說共八篇,這里再譯二篇。
"陰謀"也許寫的是夏列斯妥夫的性格和當時醫界的腐敗的情形。 但其中也顯示着利用人種的不同於"同行嫉妬"。 例如,看起姓氏來,夏列斯妥夫是斯拉夫種人,所以他排斥"摩西教派的可敬的同事們"——猶太人,也排斥醫師普萊息台勒(Gustav Prechtel)和望·勃隆(Von Bronn)以及藥劑師格倫美爾(Grummer),這三個都是德國人姓氏,大約也是猶太人或者日耳曼種人。 這種關係,在作者本國的讀者是一目了然的,到中國來就須加些註釋,有點纏夾了。 但參照起中村白葉氏日文譯本的"契訶夫全集",這里却缺少了兩處關於猶太人的並不是好話。 一是缺了"摩西教派的同事們聚作一團,在嚷叫"之後的一行:"'嘩拉嘩拉,嘩拉嘩拉,嘩拉嘩拉……'";二,是"摩西教派的可敬的同事又聚作一團"下面一句"在嚷叫",乃是"開始那照例的——'嘩拉嘩拉,嘩拉嘩拉'了……" 但不知道原文原有兩種的呢,還是德文譯者所删改? 我想,日文譯本是決不至於無端增加一點的。

　　平心而論,這八篇大半不能說是契訶夫的較好的作品,恐怕並非瑪修丁爲小說而作木刻,倒是翻譯者 Alexander Eliasberg 爲木刻而譯小說的罷。 但那木刻,却又並不十分依從小說的敍述,例如"難解的性格"中的女人,照小說,是扇上該有鬢頭,鼻梁上應該架着眼鏡,手上也該有手鐲的,而插畫裏都沒有。 大致一看,動手就做,不必和本書一一相符,這是西洋的插畫家很普通的脾氣。 誰說"神似"比"形似"更高一著,但我總以爲並非插畫的正軌,中國的畫家是用不着學他的——倘能"形神俱似",不是比單單的"形似"又更高一著麽?

但"這八篇"的"八"字沒有改,而三次的登載,小說却只有七篇,不過大家是不會覺察的,除了編輯者和翻譯者。 誰知道今年的刊物上,新添的一行"中宣會圖書雜誌審委會審查證……字第……號",就是"防民之口"的標記呢,但我們似的譯作者的譯作,却就在這機關裏被刪除,被禁止,被沒收了,而且不許聲明,像啣了麻核桃的赴法場一樣。 這"波斯勳章",也就是所謂"中宣……審委會"暗殺賬上的一筆。

"波斯勳章"不過描寫帝俄時代的官僚的無聊的一幕,在那時的作者的本國尙且可以發表,爲什麼在現在的中國倒被禁止了?——我們無從推測。 只好也算作一則"奇聞"。 但自從有了書報檢查以來,直至六月間的因爲"新生事件"而煙消火滅爲止,牠在出版界上,却眞有"所過殘破"之感,較有斤兩的譯作,能保存牠的完膚的是很少的。

自然,在地土,經濟,村落,隄防,無不殘破的現在,文藝當然也不能獨保其完整。 何況是出於我的譯作,上有御用詩官的施威,下有幫閒文人的助虐,那遭殃更當然在意料之中了。 然而一面有殘毀者,一面也有保全,補救,推進者,世界這才不至於荒廢。 我是願意屬於後一類,也分明屬於後一類的。 現在仍取八篇,編爲一本,使這小集復歸於完全,事雖瑣細,却不但在今年的文壇上爲他們留一種亞細亞式的"奇聞",也作了我們的一個小小的記念。

一九三五年九月十五之夜,記。

"文藝連叢"
的開頭和現在

投機的風氣使出版界消失了有幾分眞爲文藝盡力的人。 卽使偶然有，不久也就變相，或者失敗了。 我們只是幾個能力未足的靑年，可是要再來試一試。 首先是印一種關於文學和美術的小叢書，就是"文藝連叢"。爲什麽"小"，這是能力的關係，現在沒有法子想。但約定的編輯，是肯負責任的編輯；所收的稿子，也是可靠的稿子。總而言之：現在的意思是不壞的，就是想成爲一種決不欺騙的小叢書。 什麼"突破五萬部"的雄圖，我們豈敢，只要有幾千個讀者肯給以支持，就頂好頂好了。現在已經出版的，是——

  1. "不走正路的安得倫" 蘇聯<u>聶維洛夫</u>作，曹靖華譯，魯迅序。作者是一個最偉大的農民作家，描寫動蕩中的農民生活的好手，可惜在十年前就死掉了。這一個中篇小說，所敍的是革命開初，頭腦單純的革命者在鄉村裏怎樣受農民的反對而失敗，寫得又生動，又詼諧。譯者深通<u>俄國</u>文字，又在列寧格拉的大學裏教授<u>中國</u>文學有年，所以難解的土話，都可以隨時詢問，其譯文的可靠，是早爲讀書界所深悉的，內附藁支的插畫五幅，也是別開生面的作品。現已出版，每本實價大洋二角半(精印本三角半)

  2. "解放了的董吉訶德" 蘇聯<u>盧那卡爾斯基</u>作，易嘉譯。這是一大篇十幕的戲劇，寫着這胡塗固執的<u>董吉訶</u>

德，怎樣因游俠而大碰釘子，雖由革命得到解放，也還是無路可走。並且襯以奸雄和美人，寫得又滑稽，又深刻。前年曾經魯迅從德文重譯一幕，登"北斗"雜誌上，旋因知道德譯頗有刪節，便卽停筆。續登的是易嘉直接譯出的完全本，但雜誌不久停辦，仍未登完，同人今居然得到全稿，實為可喜，所以特地趕緊校刊，以公同好。每幕并有畢斯凱萊夫木刻裝飾一幀，大小共十三幀，尤可賞心悅目，爲德譯本所不及。每本實價五角。

　　正在校印中的，還有——

　　3. "山民牧唱"　西班牙巴羅哈作，魯迅譯。　西班牙的作家，中國大抵只知道伊本納茲，但文學的本領，巴羅哈實遠在其上。　日本譯有選集一册，所記的都是山地住民跋司珂族的風俗習慣，譯者曾選譯數篇登"奔流"上，頗為讀者所贊許。這是選集的全譯。　不日出書。

　　4. "Noa Noa"　法國戈庚作，羅憮譯。　作者是法國畫界的猛將，他厭惡了所謂文明社會，逃到野蠻島泰息諦去，生活了好幾年。　這書就是那時的記錄，裏面寫着所謂"文明人"的沒落，和純眞的野蠻人被這沒落的"文明人"所毒害的情形，幷及島上的人情風俗，神話等。　譯者是一個無名的人，但譯筆卻並不在有名的人物之下。有木刻插畫十二幅。現已付印。